한류시조
VOL.2

도린곁

고요아침

/차/례/

구애영

/

소소함에 관하여 · 8 / 리포트 · 9 / 숙성 혹은 감 · 10 / 폭탄 컵밥 · 11

김양희

/

지금 이 속도가 좋다 · 16 / 그 겨울의 뿔 · 17 / 줄넘기 · 18 / 롬바드 스트리트 · 19

김월수

/

태풍이 오지 않으면 모르는 일 · 22 / 꽃 꿈 · 24 / 인공 눈물의 노래 · 25 / 노랑의 알레고리 · 26

김현장

/

달의 이력 · 30 / 가위 · 31 / 아내의 식탁엔 바다가 산다 · 32 / 안락사 · 33

김효이

/

수평선 · 36 / 핸드백 · 37 / 무장아찌 · 38 / 겨울나무 · 39

류성신

/

못갖춘마디 · 42 / 겨울 화살나무 · 43 / 커피 내리기 · 44 / 바늘꽂이 · 45

손예화

/

차茶잔에 기대어 · 48 / 조각구름 여인 · 49 / 은행잎 수채화 · 50 / 지금 여수 44 · 51

윤종영

/

싸락눈 내리는 환승역 · 54 / 별빛 왈츠 · 55 / 걸레와 입 · 56 / 노모포비아 · 57

이규원

/

나를 지나간 후에 · 62 / 칫솔, 당신 · 63 / 층층숲의 내재율 · 64 / 사람
이 동물보다 못할 때 · 65

이두의

/

천주호에서 · 70 / 용머리해안을 쓰다 · 71 / 달캉살캉 · 72 / 먹고재
비 · 73

이택회

/

모레노 빙하에서 · 76 / 다비茶毘 · 77 / 산 사람, 산에서, 또 산 사람 · 78 /
끝나지 않은 미행 · 79

임주동

/

꾼 · 82 / 미치다니 · 83 / 비밀번호 · 84 / 어쩌라고 · 85

전미숙

/

욕심 · 90 / 기억의 씽크홀 · 91 / 눈물 · 92 / 붕어빵 아날로그 · 93

정진희

/

요강 · 98 / 인동당초문암막새 · 99 / 닳아빠진 것을 위한 연구 · 100 /
거친 무늬 청동거울 · 101

한복결

/

썸 · 106 / 대선 · 107 / 사랑 · 108

허창순

/

개쑥갓 · 112 / 노랑의 죽음 · 113 / 나목 혹은 이명耳鳴 · 114 / 어떤 참
회 · 115

구애영

/

2010년《시조시학》, 2014년 서울신문 신춘문예 등단. 제2회 가람시조백일장, 제4회 김상옥백자예술상 신인상, 제5회 백수문학상신인상 수상. 시조집『모서리 이미지』,『호루라기 둥근 소리』,『종이는 꽃을 피우고』.

발
표
작
/

소소함에 관하여
— 신사임당 초충도草蟲圖

구애영

풀벌레 숨소리들 묵향 속에서 들려오네

공중에 멈추어선 바람결에 살 부비며

감춰둔 먹물 갉아먹고 하루를 견뎠으리

들쥐에게 속 살 내준 줄무늬 수박이 있고

패랭이꽃 사마귀 원추리 방아깨비

기척도 허하지 않게 식솔 되어 서 있네

수묵의 갈피로도 못다 채운 여백일까

하찮고 작은 몸들이 고스란히 품고 있네

제 안을 비운 문체처럼 붓끝 이리 소소昭昭하네

리포트

밤에도 등짐을 진 낙타처럼 살고 있다

헐값으로 사려는 커서, 표정 없는 장바구니

거울도 비추지 못한 플라톤의 동굴이다

신
작
/

숙성 혹은 감

항아리 속 면벽으로
떫은 무게 더는 밤

간청하는 오르페우스*
슬픈 화첩 뒤척일 때

훔쳐본 달빛 언저리
서리처럼 서걱거려

언제쯤 닿을 수 있나
뭉긋한 시詩 한 구절

뒤란 장독대 둘레
불러내어 두런두런

오롯이 사려 안은 맨살
등고비새 여짓대는

* 그리스 신화의 시인.

폭탄 컵밥

반듯한 식탁도 없는
중대한 식사 의식

우리는 언제나 까치발로 세워졌어

골목길
몸 내음이 물씬
뜬 물처럼 끈적거렸지

터질 듯 꿈을 안은
고시촌 푸짐한 슬픔

한 뼘 남은 낮달 속에
자소서를 걸어놓고

빌딩 숲
반물빛 향해
두 손을 모으려 해

숨은 것, 작은 것, 어두운 것의 아름다움

　예술의 범주인 시문학은 평상의 호흡이 아닌, 격한 숨결을 체험하는 순간에 탄생된다. 즉 지속적으로 반복되던 의식이 파장을 일으키거나 낯설고 새로운 충격으로 눈부신 섬광을 느끼는 순간이다. 이 근원적 정서가 감각의 전환을 유도하며 마침내 새로운 세계의 눈을 뜨도록 안내한다. 더 나아가서 슬픔과 즐거움을 호흡하며 자신을 변화시키는 뜻밖의 경험이 작품으로 표출된다.

　바슐라르는 시가 순간의 형이상학이라고 말한다. 시는 속이 텅 빈말을 두드리면서 진공의 울림을 거쳐 비로소 순간을 만들어낸다고 주장한다.

　「소소함에 관하여」는 "신사임당의 초충도草蟲圖"를 그리고 있는 작품인데 풀벌레 숨소리들, 들쥐에게 속살을 내준 줄무늬 수박, 패랭이꽃, 사마귀 등 "하찮고 작은 몸들이 고스란히 품고 있"는 소소한 것들을 표현했으며 따스함과 사소함 사이에서 서정시 본질인 동일화와 화해의 시학을 나타내려 했다. 「리포트」에서는 "거울도 비추지 못한 플라톤의 동굴"의 상상력으로 리포트 쓰듯 시쓰기의 고뇌를 그렸다. 즉 모든 숨어있는 것들의 존재를 드러내고 미세한 것들의 몸에

웅성거림을 느끼도록 했다. "언제쯤 닿을 수 있나 뭉긋한 詩 한 구절"의 질문 속에서 "간청하는 오르페우스의 슬픈 화첩"을 상상하며 「숙성熟成 혹은 감」이라는 시를 썼다.

시인이 서 있는 자리는 휘황한 것, 우뚝우뚝 솟아있는 것들의 자리가 아니다. 차라리 침묵 쪽으로, 크고 빛나는 것보다는 차라리 작고 희미한 것들 쪽에 위치해야 할 것이다.

"우리는 언제나 까치발로 세워졌어" "한 뼘 남은 낮달 속에 자소서를 걸어놓고". 작품 「폭탄 컵밥」의 배경은 고시촌 쪽방, 컵밥이 즐비한 골목이다. "빌딩 숲 반물빛 향해 두 손을 모으려 해"의 표현은 그 반물빛에 자신의 몸을 들어 앉히고 마침내 스스로 일용직 혹은 계약직이 되어 말을 건네기 시작한다. 자신의 삶을 정지시키고 폭탄컵밥을 쥐고 있는 삶을 말한다. 반물빛은 검은빛을 띤 남빛이다. 그 빛은 순간의 삶이다. 분명히 있는 데도 없고 없는 데도 있는, 즉 어두운 곳에서 존재하는 삶이다.

시인이자 문학비평가인 M.아놀드의 말을 떠올려 본다.

"내용이 끝나는 것에서 시작되는 것, 황금어의 피안彼岸에, 도시 성곽의 외부에, 사고의 체계를 벗어나서 신비로운 장미는 개화한다. 서릿발의 열기 속에 도배지의 희미한 무늬 속에, 제단의 뒷벽 위에, 피어나지 않는 불꽃 속에 시는 존재한다."

시인의 시적 세계는 자신만의 상상세계에서 자신을 넘어 타인에게까지 긍정적인 삶을 살 수 있는 이상세계를 지향한

다고 볼 수 있다. 그러기에 "밤에도 등짐을 진 낙타처럼" 시
쓰기를 지속할 것이다.

김양희

/

2016년《시조시학》신인상, 2018년《푸른동시놀이터》추천완료. 제1회 정음시조문학상, 한국가사문학대상 특별상, 중앙시조신인상 수상. 시조집『넌 무작정 온다』(문학나눔 선정).

발
표
작
/

지금 이 속도가 좋다

김양희

그림자로 펼치는 설치 미술가 구름이
지표면 군데군데 작품을 드리운다
장광설 다 생략하고
작가 마음 그대로

지나간 그림자는 돌아오지 않는 재료
모두가 다른 시간 모두가 다른 걸음
구름은 지구를 누비며
늘 첫 작품을 내건다

그 겨울의 뿔

1

까만 염소에 대한 새까만 고집이었다
힘깨나 자랑하던 뿔에 대한 나의 예의
어머니 구슬림에도 끝내 먹지 않았다

염소의 부재는 식구들의 피와 살
살 익은 비린내에 입 코를 틀어막았다
엊그제 뿔의 감촉이 손바닥에 남아서

2

그 겨울 식구들은 감기에 눕지 않았다
고집을 부리던 나도 눈밭을 쏘다녔다
염소의 빈 줄만 누워 굵은 눈발에 채였다

신
작
/

줄넘기

줄을 잡는 순간 아이가 달라집니다!

체육관 유리문에
시선 고정
줄넘기 광고

지금껏
내가 아는 줄
저런 줄 아니었지

롬바드 스트리트

파스텔 빛 자욱한 꽃송이 언덕에서
바다 안개 마시는 수국을 지나간다
이 숲도 시작하기 전엔 숲이 아니었다

산길보다 가팔라 외면하던 비탈길은
꽃이 왕창 덮이며 구불구불 자라났다
선구자 익은 생각이 그 바닥에 뿌려져

샌프란시스코 명소 롬바드 스트리트에
맴도는 생각씨를 꼭꼭 눌러 심는다
잘 여문 상상 한 알이 발아하길 바라며

무엇이든 시작이 있다

무엇이든 시작이 있다. 시작은 행동으로 옮겨야 비로소 그
것이 된다.

아침마다 한라산 CCTV를 보는 것이 소소한 즐거움이다.
특히 구름이 지나가며 펼치는 백록담의 장관에 매혹된다.
구름은 최고의 설치미술가, 저마다 다른 시간 다른 모양으
로 그림자 작품을 내건다. 똑같은 작품은 단 한 번도 없다.

마당에서 까만 염소를 길렀다. 어린 나에게 염소는 친구,
뿔을 잡고 힘겨루기도 하고 종이를 뜯어 먹이로 주기도 하
고. 어느 날 염소가 사라졌다. 대신 살 비린내가 집안을 가
득 메웠다. 손바닥에는 뿔의 감촉이 그대로인데. 그 보양식
을 먹은 가족들이나 고집을 부려 끝내 먹지 않은 나 겨울
을 무사히 났다. 굵은 눈발에 채이던 염소 목줄이 그 시간을
묶어 두고 있다.

샌프란시스코 도심 비탈에 수국, 칸나, 장미 등을 심어 명
소가 된 롬바드 꽃길이 있다. 불편하던 길을 온통 꽃이 구불
거리는 아름다운 거리로 만든 사람을 생각한다. 선구자의
기발함이 지구 한복판을 바꾸었다. 세상은 상상하는 대로
굴러간다.

김월수

/

2012년 《열린시학》, 2020년 《시조시학》 여름호 등단. 임화문학상(2012), 제8회 열린시학상(2016) 수상. 세종도서 문학나눔(2014) 선정. 시집 『그와 나의 파도타기』.

발
표
작
/

태풍이 오지 않으면 모르는 일

김월수

해를 안고 언덕 위로 하늘하늘 올라서
당신 미소 흐르던 동산을 찾아가요
바람이
당도하기 전
먼저 도착하려고요

등줄기 흔들며 날고 있는 나비 한 마리
일렁이는 날개 속에 그만 나도 모르게
눈물을
한 방울 텀벙
집어넣고 말았네요

잔디 위의 나비는 왜 반짝이는 이슬을
한사코 서쪽으로 날려서 보내는지
날개는
왜 은빛으로
수정처럼 흔드는지

흠뻑 젖은 이슬 옷도 툭툭 털어내며
안개비의 촉촉한 추억처럼 무심한 듯
새벽길
마다치 않고
새처럼 오실는지요

꽃 꿈

핸드폰을 열어도 인터넷을 펼쳐도
안 보이던 그 꽃이 찾아와 손짓을 한다
마침내 제자리 찾아
뿌리 뻗고 있다는 듯

꽃을 찾아 가시 덮인 선인장을 지난다
사막 속 전갈을 피해 도착한 절벽에서
난 그만 뒤쫓아가던
향기마저 놓쳤다

손안에 넣겠다고 착각을 한 것인가!
속살임도 눈 흘김도 모두 다 사랑인가?
불혹의 꽃봉오리가
찾아와서 날 달랜다

인공 눈물의 노래

저에겐 당신을 숨길 곳이 없어요

바람 부는 모래사장의 건조함을 꿈꿔요, 바위 동굴을 찾아 헤매듯 제겐 습한 곳이 힘든 고역이거든요. 당신의 눈과 얼굴 사이 모래와 잠 사이 광장과 의자 사이 풀잎과 두 번째 집 사이, 수평선 너머 눈물의 세상 벗어난 거울처럼 당신은 나의 안식처예요

당신이 잠들면 제가
안식처가 되어줄게요

노랑의 알레고리

은행나무가 부려놓은 포말을 따라서
직지사를 찾아가는 만다라 수학여행
가벼운 발걸음으로
들어서는 나의 천국

천지가 환해지는 황금빛 길을 따라
못 찾던 보물찾기 표식이 있던 자리
이제야 찾아낸 노란 종이
설레며 펼쳐보네

무거운 가슴 뚫고 들어온 그리운 말
스무 해 넘어서도 어깨 위가 수북한데
먼저 간 단짝 친구 선물
따뜻하고 포근하네

분홍 꽃 게발선인장

눈발이 날리는 추운 겨울날인데 베란다에선 게발선인장, 계속 빨간 꽃을 피워내고 있는 사랑 초, 꽃대를 세워 꽃망울 만들고 있는 자생 난, 노란 꽃, 보라 꽃 하얀 꽃, 넝쿨 식물들은 줄기를 타고 나보란 듯 쑥쑥 잘도 올라간다. 제 본분에 맞는 일을 묵묵히 견디고 있는 과정일 것이다. 그중에서 특이하게 환한 게발선인장을 볼 때마다 느껴지는 대견함은 다르다. 줄기 끝쪽에서 붉은색이 생기더니 아주 작은 몽우리가 맺힌 지 한 달이 좀 지나자 꽃이 피기 시작했다. 꽃잎이 피기까지의 과정이 좀 더디다는 생각이 들어 지루함까지 느꼈었는데, 꽃이 피기 시작하는 것을 보면서는 기쁨은 배가되어 하루하루가 행복하고 즐거웠다.

한 겹 한 겹 피워낸 다섯 겹 봉우리의 시작은 2021년 12월 초에 생긴 아주 작은 몽우리가 이듬해 1월 15일부터 5~6송이를 시작으로 한겹 한겹 피기 시작한 꽃이 다섯 송이씩 늘리면서 피기 시작하더니 너무 많아서 곧 꺾어질 듯한 여린 선인장 줄기에 매달려 피워내는 탐스러운 그 자태는 경이롭기까지 하였다. 피어 있는 시간도 길고 조용하다. 코로나 19를 핑계로 아무 일도 하지 않은 채 원망으로 시절 탓을 하던 나의 불평마저도 부끄러워진다. 줄기에 매달려 때를 기다리며 준비하는 작은 몽우리가 아주 조금씩 몸을 키우며 나를 바라본다. 늦게 움직이지만 기다리면 꽃은 활짝 피워낸다는 듯, 답하듯 나도 올망졸망한 시 몇 편을 내보이며 찡그린 얼굴을 활짝 펴본다. 환한 미소로 망울이 꽃이 되기를 같이 기다려보자고.

김현장

/

전남대학교 수의학과 졸업. 강진 백제 동물병원장. 목포문학상 남도작가상
(2020), 청풍명월 시조백일장 장원 충북도지사상(2020), 중앙일보 시조백일장
월장원 3회(2019년 11월, 2020년 7월, 2021년 10월) 수상. 강진 백련 시문학 동인
회원.

발
표
작
/

달의 이력

김현장

아버지 가시고 처음 맞는 중추가절
혹시나 이생에 털어내지 못했을
한뉘의 함지방 찾아 두 눈을 번쩍인다

서랍 속 더께가 내려앉은 구석에
낯익은 지문이 선명하게 푸르다
수많은 삶의 단락들 손톱 밑에 감춰져 있다

가뭇없던 시간들 빈 공간에 가득하고
채 등재되지 않은 이별의 씨앗들이
홀연히 너울로 발아할 때 옹그는 마딘 설움

수숫대 울타리 바람 숭숭 불던 날
일필휘지 뻗어가던 고단한 이력들이
그 밤에 손톱을 빠져나와 보름달로 떠 올랐다

가위

전설에 의하면 조상 중 한 분이 쌍칼에 사북 꽂고 보자기를
베려다가 짱돌의 매복에 걸려 불구가 됐다지요

일용직 아버지가 잘려나간 그 날에도 할머니는 가위로 마
른 고추 잘랐어요 맵고도 노란 생 하나, 밤하늘의 별로 떴죠

가끔은 잘못 베어 바늘 할미 꾸중 들어도 엄지와 검지 사이
희망을 끼우고서 엿장수 가위질처럼 아침 햇살 자릅니다

아내의 식탁엔 바다가 산다

아내가 끓여준 흑산도 산 홍어앳국이
해조음 출렁이며 입안 가득 퍼진다
한 생에 거친 파도가 내 몸을 뒤흔든다

부레로 조절되던 아내의 일상들이
식탁의 허기를 남김없이 덮은 뒤에
하루분 그리움들이 비늘로 수북하다

바다로 바다로만 향하는 내 목포댁이
헛헛한 눈빛으로 바다를 끓일 때마다
보인다 절벽 같은 마음에 진통제를 바른다

안락사

혈관을 묶는다 검은길이 솟는다
몇 방울의 투명한 액체 하얀 명줄을 노린다
주사 후 빈지문 닫듯 느려지는 숨 줄기

바투한 그 마음 수십 번 갈아엎고
애처로운 백구의 눈빛마저 외면한 채
노랗게 타들어 가는 햇볕의 난장이다

행간을 건너가는 공포의 시간들
심장의 판막이 멈추는 순간까지
뜬눈에 못다한 인연 눈가에 맺힌 이슬

김효이

/

2020년 《서정과 현실》 신인작품상, 제7회 울산시조작품상 수상. 시조집 『입술을 위한 에세이』. 한국시낭송울산연합회 회장.

발
표
작
/

수평선

김효이

멀리 보면 아름답지만

가까이 보면 눈물겹다

때로는 결핍의 삶

때로는 잉여의 삶

날마다

몸을 낮추며

내 눈앞에 걸려있다

핸드백

지갑 속 지폐는 없고
칸칸이 꽂힌 카드

작은 파우치 안엔
뒤엉킨 화장품들

겉치레 여자의 속내가
텅 빈 채 어지럽다

신
작
/

무장아찌

처음이 잘못되면 끝까지 잘 못 된다

몸에 밸 때까지 기다림의 연속이다

곰삭은 시간을 버무려서

새롭게 태어난다

겨울나무

형형색색 치장 다 벗고 줄 서 있는 나무들

벗은 마네킹 같은 겨울 산의 소묘 속에

우직한 삶의 지침서 아버지가 서 있다

시조는 꿈꾸기

시조 창작은 꿈꾸기다. 나는 그런 꿈이 주는 과제를 실현하기 위해 매일 노력한다. 극적인 경험을 시조의 운율로 바꾸며 말할 수 없는 희열을 느낀다. 나의 시조는 햇살 아래 부풀어 오른 꽃망울처럼 화려하지는 않다.

그러나 소소한 결실을 얻기 위해 살면서 느끼고 사유한 것들을 자연스럽고 정갈한 시조로 빚어내기 위해 시조의 가장 기본형인 단시조 쓰기에 좀 더 심혈을 기울이고 있다. 그것이 시조를 좀 더 잘 쓰기 위함이며, 또한 지금 나의 꿈이고 과제고 소명이기 때문이다.

이호우나 초정, 정운과 같은 대가들도 단시조 쓰기에 골몰하셨다. 논설문의 서론, 본론, 결론처럼 열고 펼치고 마무리 짓는 그러면서 전아하고 유현한 깊이를 보여주기에 알맞은 시조가 단시조다. 누구나 그러하듯 어설픈 詩작으로 시의 영역까지 끌어내기란 쉽지 않은 난제이지만 시조의 특성을 가장 잘 보여주는 형식의 단시조에 더 많이 고민하게 되는 것은 사실이다.

파편화되고, 난삽해지고, 장형화 되어가는 오늘날의 자유시와 다른 시조만의 변별성을 갖기 위해서라도 당분간은 나만의 개성을 실현하기 위한 예언적이거나 사색적이거나 음악적이거나 혹은 회화적인 이미지로 지속적인 단시조 쓰기에 끊임없는 도전과 열정을 쏟고 싶다.

류성신

/

2019년《시조시학》등단. 경기예술인대상(2016), 전국시조공모 대상(2017, 시로 읽는 한국역사 100년), 제10회 전국가람시조백일장 장원 외 다수 수상. 시조집 『비를 굽다』.

발
표
작

/

못갖춘마디

류성신

산다는 건

시작부터 숨 꼴딱 삼키는 일

하고픈 말 붙잡고 마디마디 넘어가다

모퉁이 돌아나가는 길

발목 잡는 도돌이표

악센트 울리면서 살고 싶던 숱한 날들

다카포 숨 가쁜 시간 정점 향해 다시 뛴다

엇박자 고도의 당김음

불잉걸로 살지니

겨울 화살나무

촉 없는 화살대가 헛웃음 짓고 있다

날거나 날리거나 뒷배 없는 한숨인 듯

회색빛 쌓인 응어리 봄을 기다리는가

하루에도 수십 번 날개깃 꽂아놓고

부린활 시위 얹어 벼리며 세우는 촉

입맞춘 절피와 오늬 비상을 꿈꾼다

서로가 팽팽하게 밀고 당기는 사이

바람조차 훼방 놓아 햇살을 비껴갈 때

황금빛 과녁을 향해 봄을 힘껏 당긴다

신
작
/

커피 내리기

산모의

젖가슴처럼

찌르르 돌고 돌아

넘칠 듯 찰랑되는 따스한 초유 한 잔

유리창

맑게 갠 아침

세상을 밀고 간다

바늘꽂이

대나무 반짇고리에 분홍색 배불뚝이

생머리 잘라 넣어 만드신 혼수품이다

쇠바늘 녹이 날까봐 지키시는 어머니

짧고 긴 바늘들이 수직으로 꽂혀있다

자식들 때 묻을까 빗나갈까 노심초사

찔려도 봉긋한 젖가슴 산보다 높고 깊다

크고 작은 못을 박아 여전히 붉은 자국

괜찮다 난 배부르다 너희들 배곯지 마라

가까이 들려오는 환청 바늘 가만 뽑는다

어머니의 힘과 사랑으로

모든 게 잘 갖추어진 상태로 삶에 임하는 사람이 얼마나 될까? 다 갖추지는 못 했지만 그런대로 오늘을 만나서 한 박자 아니 못갖춘마디로 가는 것도 사람살이 아닐까. 그러기에 숨 가쁘게 달려가다가도 아니다 싶으면 과감히 되돌아서 처음부터 시작해 보는 것도 하나의 방법이다. 그럴 때 우리는 다른 정점을 맛 볼 수도 있고 색다른 경험과 기쁨도 얻을 수 있다. 세상은 완벽하게 갖춘마디보다 비록 엇박자이지만 고도의 당김음이나 불잉걸로 살 때 희열감이 더 크기도 하다.

하루에도 수십 번 날갯짓 꽂아놓고 부린활 시위 얹어 벼리며 세운 촉은 늘 비상을 꿈꾼다. 서로가 팽팽하게 밀고 당기는 사이 바람조차 훼방 놓아 햇살을 비껴갈 때, 찔려도 봉긋한 젖가슴을 내미는 바늘꽂이처럼 견뎌내는 시간들이 나는 좋다. 그것은 어머니의 사랑과 힘이 아닐까.

유리창 맑게 갠 아침, 따스한 에소프레소 향기를 맡으며 오늘도 세상을 힘껏 밀고 간다.

손예화

/

2012년 《시조시학》 등단. 시집 『꽃차를 마시며』, 『하늘에 피는 꽃, 어머니』, 시조선집 『귀를 여는 시간들』. 가람시조백일장 장원, 열린시학상, 약사문학대상, 한국시조시인협회 신인상 등 수상. 현) 한국여성시조협회 회장.

발
표
작
/

차茶잔에 기대어

손예화

물 묻은 저녁이 가라앉은 차茶잔에는
유자빛 향, 펴든 꽃잎
살풋 앉는 기러기 울음
기다림 찰랑거리며 달빛으로 떠 있는가

가슴속 파도 일면 얼마나 아렸을까
숨겨둔 말들은
밀려 왔다 밀려가고
노을 길, 작은 꽃밭에 떠도는 잎새 하나

바람소리 두런두런 꿈이어도 좋을 듯한
올 풀린 댓잎소리
그 옷자락 소리인가
이승의 따뜻한 품속, 붙드는 저 발돋음

조각구름 여인

얼기설기 실로 엮은 모형군함 파는 이
그 무게 감내하는 목소리 말아 줘며
뭉근한 속내 감추고
발 붙이고 살아가는

잔 바람 재우칠 때마다 배 한 척 떠나갈까
어둠 안의 침묵이 휘청대는 빈 저녁
멕시코 어느 바닷가
표정 없이 앉은 여인

신
작
/

은행잎 수채화

비에 젖은 보도블록
흘러 드는 은행잎에
빼곡히 들락거린 바람의 이야긴가
빗나간 퍼즐 맞추기
뜬소문만
혜살거린다

죽지를 달싹이며
세상 물이 든다는 건
어긋난 옹이 하나, 나의 색을 지우는 일
작달비 저녁에 안겨
절정의 날
말갛게 희다

지금 여수 44

오염수 흘러들어 물떼새 찍힌 발자국
낭만포차 44번지 기울인 소주잔에도
어색한 평화로움인가?
깃 속의 시린 부리들

움켜쥔 시름 모아 바람한줌 걸어온다
파도여! 그 푸른 정적 벼랑에도 꽃이 필까
시야 속 어둠의 기척
낮달 하나 없는다

빛깔의 수위를 찾아서

살다 보면 실제 상황들이, 바람의 끝을 잡고 내 마음을 흔들어 혼돈의 상태로 접어든다. 결국 그 기쁨과 슬픔들이 세심하게 서정으로 달래가는 과정에서,

시는 간절함으로 내게 갑자기 찾아온다.

그래서 시를 쓴다는 건 나만의 시간과 공간에서 그 여백의 이미지를 형상화하여 율격에 맞는 정제미를 살려낼 줄 알아야 한다고 늘 생각하지만 그것이 잘 안 된다. 밤과 낮으로 몸과 마음엔 큰 구멍이 날 때가 많다.

「차잔에 기대어」에서 "이승의 따뜻한 품속, 붙드는 저 발돋움"은 찻잔을 앞에 두고 유명을 달리한 동생을 생각하며 옷자락이라도 잡고 싶은 심정을 그려 본 것이다. 「지금 여수 44」에선 남도의 여행길, 여수 낭만포차 앞의 너른 바다를 바라보며 혹시 일본이 핵을 바다로 버린다면 어쩌나? 하는 엉뚱한 생각이 들었다. 가까이 있는 모든 것을 생동감으로 포착해내고 싶었지만 어느 정도 효과를 거두었는지 독자의 몫으로 남긴다.

윤종영

/

2015년 《열린시학》, 《창작수필》 등단. 제11회 열린시학상(2019) 수상. 뉴스N제주 신춘문예 시조(2020) 당선. 시조집 『크레이터』(2021).

신
작
/

싸락눈 내리는 환승역

윤종영

아무도 가지 않은 새벽길 걸어간다.
어둠을 받치고 선 가로등 불빛 사이
총총히 눈뜬 샛별이 부지런히 따라온다

숨차게 스쳐 가는 풍경 지나 도착한
금정역 플랫폼엔 선잠이 묻어있고
차디찬 크로싱* 선로에 싸락눈이 내린다

쉽사리 녹지 않고 틈과 시간 끌어안아
새하얀 밥알처럼 소복이 쌓이는 눈
눈으로 허기를 달랜다 봄 속으로 떠난다

* 둘 이상의 열차 선로가 교차하는 지점.

별빛 왈츠

유리창 암막 커튼 비집고 무단침입
그렇지만 반가워 창문 열고 맞이한다
밤하늘
어둠과 빛이
휘어지며 감긴다

하루의 고단함을 말끔히 씻어주며
경쾌한 리듬 따라 내리는 빛무리들
삼박자
스텝 밟으며
감미롭게 스민다

아무것도 묻지 않고 환하게 미소짓는
투명한 별빛 안고 빙그르 춤을 춘다
살포시
미끄러지듯
안겨 오는 눈동자

걸레와 입

제 몸을 더럽히며 깨끗이 닦아내도
거짓말 쏟아내는 입한테 외려 놀림 받는
그 속이 문드러져서 구멍 송송 뚫렸나

누더기 진 올마다 밴 구정물을 씻어낸다
손으로 빡빡 치대 하얀 거품 토할 때까지
헹궈도 깨끗해지지 않을 저 입들은 어쩌나

노모포비아*

달리는 지하철 안 고개 숙인 얼굴들
손가락 그 끝으로 화면을 터치한다
시선을 옭아매 놓고 무표정에 갇혀 있다

홀린 듯 온기 없는 세상으로 빠져드는
신인류 스몸비족** 섬 속의 섬이 되어
LED 바닥 신호등 깜빡깜빡 거린다

팽창된 정보들이 눈 속에 활보한다
손안에 지구촌을 샅샅이 훑어본다
저 홀로 평면의 덫에 불안을 떨군다

* 휴대폰을 소지하고 있지 않으면 불안함을 느끼는 현상.
** 길거리에서 스마트폰을 보며 주변을 살피지 않고 걷는 사람.

시詩, 내 삶의 나침반

시인에서 성악가, 성악가에서 다시 시인. 청소년기 내 꿈의 변천사다. 꿈을 꿈꾸다가 꿈으로 끝났던 꿈. 그 꿈이 되살아나 꿈틀거리기 시작하던 순간의 울컥했던 감동은 내가 아는 언어로 표현하기 어렵다. 지금도 그 순간을 떠올리면 환한 미소를 짓게 된다. 아마도 나는 그때 시로 잉태되어 다시 태어나는 꿈을 꾸었는지도 모르겠다.

끈기가 없어서 포기를 잘 하던 내가 '시간에 쫓기며 시 같지 않은 시를 쓰면서도 행복한 이유 뭘까?' 그것은 내가 원하고, 좋아하는 것이기 때문이다. 시를 배우고, 시를 쓰면서 상처를 받다 보면 가끔은 두려움이 앞설 때도 있다. 그러나 오히려 그러한 상처로 인해 단단해질 수 있었기에 지금은 예전처럼 동요하지 않는다. 시 앞에서는 모든 것을 내려놓게 된다. 아니 어쩌면 정반대인지도 알 수 없다.

'이제는 지금껏 나 스스로 나를 가둬 두었던 틀에서 벗어나도 되지 않을까?' 우화를 하듯 고정관념에서도 벗어나고 싶다. 시 안에서 자유를 누리고 싶다. 그만 헤매고 싶다. 별 총총한 밤하늘을 올려다보며 생각한다. 인생의 지하도에서 찾은 '시'로 가는 출구. 그리고 '시'의 은하를 들여다본다. 조금 헤매기로서니 무슨 대수랴. 무심히 스쳐 지나가는 것에 눈길을 주며 말을 걸고 싶다. 천천히, 느린 걸음으로 다가가 새로운 언어로 소통하고 싶다. 상상만으로도 두근두근 가슴 떨린다. 모든 사물이 시다. 내 마음 깊은 곳 가장 밝게 비춰 주는 별이 된 시. 시는 내 하늘에 떠 있는 북극성이다.

한류시조 VOL.2 도린결

이규원

/

2020년 가람백일장 장원, 2022년 국제신문 신춘문예.

발
표
작
/

나를 지나간 후에

이규원

그날부터 내 방은 조명 없는 수족관
그리움을 자맥질하는 야행성 물고기 되어
뽑혀진 물풀들처럼
어둠 되어 흔들린다

감정의 깊이는 여울처럼 흘러서
미세한 기척에도 숨죽여 기다렸지만
모든 게 하루에 드는 순간
눈물까지 산란하다

등 보이면 다가오는 밀물 같은 태도 때문
밀폐된 마음은 뛰어넘지 못하고
또렷한 눈동자 되어
불면 속을 부유浮游한다

칫솔, 당신

꼿꼿이 긴장돼서

누울수가 없었지

자세가 망가지면

모毛 세워도 끝인 거야

극강의

부드러움이

살아가는 방법인 거지

층층숲의 내재율

바코드는 상관없이 도착한 순서대로
층층이 쌓여서 숨 못 쉰 먼지의 시간
고뇌 속 갉아먹었을
초침마저 침묵이다

햇살의 곁눈질에도 암막 커튼 드리우고
오감을 곤두세워 파리하게 신음하며
수십 번 모서리까지
떨림으로 조율됐을

은은한 결을 따라 스며든 문장들이
잔해로 남기 싫어 기둥으로 경계 이룬
높은음 흰 꽃 피는 자리
밤 서리로 젖어 볼까

사람이 동물보다 못할 때

말 못 하는 미물들은
그 순간을 즐기지만

골骨 찼다는 사람들은
자로 재기 좋아하여

한 발짝
사랑도 놓치고
재미도 다 놓친다

충만한 내면의 경지를 향하여

"그해 겨울 우리는 물주전자처럼 끓었다." Y시인의 시조집을 펼치자 1부 첫 장에「못다 쓴 시」초장이다. 지난겨울 '나도 물주전자처럼 끓었다.'

하루하루 매시간 순간순간이 물주전자였다. 끓어 넘치기도 하고 바닥을 새카맣게 태우기도 했다. 그러는 사이 내 책상에는 시집들이 가득 차올랐다.

책상 위에 더 이상 놓을 곳이 없어 정리를 하다 쓴 작품이 신작「층층숲의 내재율」이다. "바코드는 상관없이 도착한 순서대로/층층이 쌓여서 숨 못 쉰 먼지의 시간/ 고뇌 속 갉아먹었을 초침마저 침묵이다". 창작을 해본 사람만이 창작의 고뇌를 안다. K시인은 단어 하나를 찾기 위해 십 년이란 세월을 보냈다고 한다. 그 인내와 고통은 모든 시인들의 고뇌일 것이다. 그 노고를 생각한다면 감사하게 생각하며 읽고 공부해야 하는데 그렇지 못할 때가 많다.

나의 창작과정에서는 독자에게 존재적인 위로가 되고 감동을 주는 염원이 마음속에 있었다. 이 작품의 종장인 "높은 음 흰 꽃 피는 자리/ 밤 서리로 젖어 볼까"는 늘 그 자리에 이르지 못하는 안타까움을 표출했다.

'사람이 동물보다 못할 때' 그것이 어찌 사랑할 때뿐이겠는가? 가끔 '동물의 왕국'을 보면 새끼에 대한 눈물겨운 사랑을 볼 때 '사람보다 낫구나' 하고 느꼈던 적이 한두 번이 아니다. 원치 않았던 아기가 생기면 버리거나 죽이는 사람들…

언제부터인가 생명의 존엄성보다 물질의 가치가 더 높아져 가는 현실, 사람들은 자로 재서 나한테 득인지 실인지 따져보고 체면 차리고 눈치 보느라 사랑도 화끈하게 못 하며 사람의 도리조차 제대로 못 하는 경우도 더러 있다.

리처드 바크가 『갈매기의 꿈』에서 갈매기가 비행하는 "하늘은 장소나 시간이 아니고 충만함으로 가득 찬 완벽한 경지"라고 쓴 것을 기억해본다. 시조를 짓는 일이란 장소나 시간, 사물을 내 마음에 비춰서 표현하는 것이 아니라 모자라면 모자란 만큼의 충만, 가득하면 가득한 만큼의 충만함으로 가득 찬 내면의 경지를 독자와 함께 나눌 때 완벽해지는 것이다. 이런 신념으로 마지막까지 작품을 쓴다면 더할 나위 없이 좋을 것이다.

이두의

/

2011년《시조시학》등단. 이영도 시조문학상 신인상(2017), 열린시학상(2020), 제5회 서귀포 문학상(2021년) 수상. 우리시대 현대시조선집 『그네 나비』(2019), 시조집 『정글의 역학』(2020) 출간. 현재 문학낭송 지도 강사.

발
표
작
/

천주호*에서

이두의

절벽과 절벽 사이 신비한 에메랄드 빛

바람이 물결 위를 발을 구르듯이 불어 간다 한순간 쩡! 깨
지는 고요 속에 돌산을 무너뜨리던 핏줄 울퉁불퉁한 무쇠
팔뚝이 눈에 어린다 가끔은 공복의 날 무참히 구겨져도 가
풀막 오체투지로 넘어가며 가족을 품어내느라 단단했던 아
버지들이 물 위에 무대를 만들어 소리가 양 벽을 울린다 고
요히 가라앉았던 발파작업 그 소리

한순간 하늘 흔들 듯 화강암이 일어선다

* 포천 아트밸리에 있는 호수.

용머리해안을 쓰다

왕이 나올 형세임을 알아차린 순간부터
두려움 어쩌지 못해 호종단을 두었던가
끝없는 검은 장문에 신상 털기 서슴없다

의혹은 꼬리를 물고 잔등엔 칼을 맞고
감추어도 드러나는 뿔은 자꾸 부딪히고
서녘 빛 피울음으로 쏟아놓는 절경이다

파도가 할퀼수록 돌올해져 오는 지금
결곡하게 드러나는 위엄 서린 용안이다
바다를 일으키는 힘, 감히 누가 대적할까

신
작
/

달캉살캉

부딪히며 흔들렸던
마음 추를 나무라지마

깊이를 가늠 못 한
그 소굴을 나오느라

한겨울
시린 허리를
휘청대며 접고 있어

먹고재비

참 먹을 시간이라고
호들갑 떠는 먹보 회장

부른 배 또 채우느라
맵싹한 맛 허겁지겁

위조한
결산보고서
눈과 귀가 다 열렸다

시는 움직이면서 하는 독서

'독서는 앉아서 눈으로 하는 여행이고, 여행은 온몸으로 움직이면서 하는 독서다'라는 말이 있다. 나는 닫힌 공간에 앉아서 글과 사진을 보며 하는 여행보다 직접 현장에 가서 체험하고 음미하며 공감하는 감성의 독서를 더 좋아한다. 지구촌 곳곳을 다니던 즐거움은 코로나 19로 인해 발이 묶여 안타깝지만 그래도 건강하게 국내 곳곳을 탐색하고 체득할 수 있어 다행이다.

강원도 어느 작은 도시에 '달캉살캉'이라는 선술집 간판은 이리저리 부딪히고 흔들리며 살아가는 사람들의 이야기를 읽을 수 있었다. '오만 증후군(hubris syndrome)'에 빠져 무소불위 갑질을 하고, 식탐이 많아 결산보고서를 위조까지 하며 먹는 것에 집착하던 한 여자 단체장을 경상도 사람들은 '먹고재비'라 불렀다. 종합 문화 예술 공간 포천 아트벨리 '천주호'의 빼어난 비경은 가족을 먹여 살리느라 돌산을 무너뜨려 화강암을 캐내던 아버지들의 고된 삶의 흔적이다. 제주도 '용머리해안' 잔등에 칼을 휘두른 진시황의 호종단 전설은 2022년 대선을 앞두고 출마를 예상하는 후보의 신상털기에 서슴없는 언론의 모습과 오버랩되었다.

움직이면서 하는 독서는 새로운 눈을 지니게 하고 잠재되어 있던 상상력을 발동시켜 새로운 지식과의 결합에서 오는 창의적 연상을 통해 언어와 여백의 융합으로 내게 왔다.

이택회

/

2009년 《시조시학》 등단. 시조집 『여보게, 보자기』, 『숲속 이야기』, 시조선집 『봄산』. 가람기념사업회 수석부회장.

발
표
작
/

모레노 빙하에서

이택회

막다른 벼랑 끝을 부여잡고 바동거리다가
천길 나락으로 힘이 부쳐 떨어진다.
손발이 잘려 나가며 비명소리 드높다.

저 외마디, 인간들이 내지를 단말마인데,
눈멀고 귀먹은 데다 너나없이 수전노라
육근이 마비되어 버린 장애인만 득실댄다.

밀리고 밀리다가 물러설 곳이 없어
죽살이 끝자락에서 구조 신호 보냈지만
멀리서 시시덕거리는 전망대 위 가해자들.

* 모레노 빙하 : 아르헨티나에 있는 빙하.

다비茶毘

1. 불을 붙이며

큰스님, 불 들어갑니다. 뜨거우니 나오셔요.
타오르는 장작불이 할喝을 대신하고
상좌들 나무아미타불 허공으로 떠간다.

2. 불이 타며

생전에 좋은 일 많이 하셨으니
반드시 극락에 가실 것입니다.
아니야, 지옥에 가시겠지, 그곳에는 일 더 많아.

3. 불이 꺼지고

나지도 아니하고 죽지도 아니하고,
가지도 아니하고 오지도 않았나요?*
불 꺼진 잿더미 위에 구름 한 점 쉬다 간다.

* 불생불멸 불거불래不生不滅 不去不來 : 나가르주나의 '중론'에 나오는 사상.

산 사람, 산에서, 또 산 사람

1.

길에서 태어나서 길을 찾아 나서더니

찾은 길 일러주려 이 길 저 길 걸으시다

마침내 오고감이 없는, 없는 길로 드셨네.

2.

빚을 얻어 간 놈과 기억하는 놈은 같나요?

어제 진 빚은 갚을 필요 없나요?

오온이 공空이라고 하면 깨달음도 공이나요?

3.

숨을 들이켜고 내쉬는 바로 이 놈

그 놈이 누구일까 그 놈은 있는 걸까.

떠나간 죽비 소리는 어디 가서 찾을까.

끝나지 않은 미행

벤츠 제네시스 아우디 숲을 지나
횟집 맥줏집 찻집마다 찾아들어
한 사내 좌석에 다가가 합장하며 조아린다.

위로는 법法을 빌며 중생복을 빌라 했는데
먹물옷을 입고서 하심만 실천하는가.
동짓달 자시 무렵에 창밖에서 숨바꼭질.

조계종엔 젊은 승도 없고 탁발도 금했는데
수행잘까 사이빌까 화두 들고 뒤쫓을 때
커다란 승용차에 올라 어둠 덕을 보는 사내.

시조는 저자거리에 살아야 한다

발표작 '모레노 빙하에서'는 온난화로 위기를 겪고 있는 빙하를 보면서 경각심을 갖자는 취지로 썼다. '다비'는, 한 조각 구름이 일었다가 사라지는 것이 삶이며, 죽어서는 극락이 아니라 지옥에 가서 못다 구제한 중생을 구제해야 한다는 평소의 생각을 담았다.

'산 사람, 산에서, 또 산 사람'은 진리가 무엇이며 삶이 무엇인지 끊임없이 참구하는 수행자를 그렸다. 먼저 깨달은 이, 깨달음, 오늘도 참구하는 이를 생각하며 내 삶을 돌아보았다. '끝나지 않은 미행'은 탁발을 빙자하여 어진 마음을 속이는 사기꾼이 오늘날에도 있는 듯하여 안타까움을 표현하였다.

독자가 사랑하는 시구가 떠돈다. 안타깝게도 시조는 한 편도 없다. 독자와 동떨어진 글을 쓸 필요가 있는가 되묻는다.

임주동

/

2020년 《시조시학》 신인작품상 등단.

발
표
작
/

꾼

임주동

섰다판 드나들며 한 살림을 거덜 낸
늙도록 속이 없는 저 이를 어찌할꼬
쉽사리 바꿀 수 없네
그렇다고 버릴 수도

콩깍지가 씌여서 처음엔 잘 몰랐던
숨겨진 바람기도 살아오며 알았지
어쩌다 내가 낚였어
그때 미쳤었나 봐

중독성 술주정에 들볶이던 한 여자
까짓것 나도 한번 거나하게 취해서
당신이 했던 그대로
웃통 확 벗어 버릴라

미치다니

아직은 때가 일러 덜 익었을 뿐인데
그러한 나를 두고 미쳤다고 그러네
풋사랑 몸살을 앓던
저도 한때 그래 놓고

장독에 숨죽이고 눈비 흠뻑 맞으며
진득하게 겨울 건너 묵은지가 되는 법
긴 세월 얼고 녹으며
너 또한 철들었지

신
작
/

비밀번호

그 무엇 감춰두고 잠가버린 자물쇠
수 없이 맞춰보며 잊은 번호 찾았다
아래 뜸 영희 마음도 그렇게 해볼 것을

이름도 내 얼굴도 처음부터 못 믿어
통장마다 숨겨놓은 숫자를 물어 온다
나더러 눌러 보라네 또박또박 4자리

집집마다 번호키가 출입문을 지킨다
울타리 넘나들던 이웃 정도 멀어져
서로가 빗장을 걸고 내가 나를 가둔다

어쩌라고

Chanel

치장한 여인들은 우아하게 '샤~넬'

몸빼 입은 아줌마는 그들끼리 '채널'

노는 물 색깔 다른데

따지긴 뭘 따져 싸

Burberry

즐겨 찾는 사람들은 자연스레 '버버리'

아제들은 명품 몰라 더듬더듬 '부르베리'

사는 게 서로가 달라

근데 뭐가 어째서

글샘을 찾아서

가끔 하루를 늘려 잡고 길을 걷는다. 느리게 걸어야 더 많은 것을 볼 수 있다기에 자연속으로 깊숙하게 들어가 일부러 쉬엄쉬엄 걸으면서 눈앞에 보이는 것과 떠오르는 생각들을 마음에 담아 오기도 한다. 집에 와서 그것들을 낱말로 풀어서 제자리에 앉히고 보면 어쩐지 어색하기 짝이 없다.

사물은 자신의 겉모습만 보여줄 뿐 속내를 드러내지 않기에 내면을 들여다볼 수 없어 대상의 구체성을 발견하지 못하고 외형만을 그려내서 언어의 유희가 되는 경우가 허다하다. 그래도 용기를 내어 말이야 되건 말건 억지로라도 끄적여 간신히 몇 줄 적어 놓고 보면 유치한 글이 되고 만다. 소재를 잡아서 형상화하려고 딴에는 노력을 하지만 여전히 껍질을 벗겨서 알맹이를 끄집어내는 힘이 부족함을 절감한다.

그럴 때마다 '묘사는 가시적, 회화적이지만 진술은 해석적, 고백적이다. 묘사로 이루어진 시는 산뜻 하지만 깊이가 덜하고 진술로만 이루어진 시는 깊이는 있지만 관념적이다. 좋은 시는 말할 것도 없이 양자를 아우르는 것이다.' (『현대

시조창작강의』, 이지엽 지음) 는 대목에 한참을 머물게 된
다. 묘사와 진술의 절묘한 조화에서 좋은 시가 탄생한다는
글귀를 몇 번이나 되새겨 보면서 또다시 길을 찾아 나선다.

어디쯤 가다가 길가에 떨어져 있는 밤송이를 보고 가을
을 느낀다면 이것은 묘사일 듯하고, 껍질을 벗겨서 속에 있
는 알밤을 꺼내 먹다가 시를 쓴다는 것이 바로 이런 것이라
는 생각에 미친다면 그것이 바로 진술이 아닐까. 그런데 가
시가 있다. 그것은 아픔이다. 그래서 시의 본질은 안과 밖을
상통해야 하나 보다.

전미숙

/

경기대 예술대학원 독서지도학과 석사. 한우리 독서지도사, 마음산책 논술학원 원장, 방과후 독서토론 강사, 도서관 역사논술 강사.

신
작
/

욕심

전미숙

어머머 꽃이 너무 예쁘게 피었네요
이렇게 예쁜 건 제값 있어 비싸겠죠
입안에 침이 도는 말 그것도 한우 일 등급

숙일수록 고개 드는 푸른 들 질긴 인연
그 소는 알았을까? 사후에 무엇이 될지
하얀 꽃 예쁘게 피워야 훌륭한 생이란 걸

좁은 축사 몸 들여 야생의 기억 끊어내고
삼켜 낸 되새김질 층층이 다짐하듯
하얀색 골고루 뿌려 캔버스에 피우는 꽃

기억의 씽크홀

뭐였더라 무너져 내리는 영화 있잖아?

라르고로 물으면 주식, 비트코인, 보톡스, 코로나…
프레스토로 돌아오는 딸아이 대답 아니 그거 그게 있잖
아……
생각과 말이 갈림길에서 배회하다 자주 길을 잃는다 씽크홀?
"그래그래" 돌아오는 길에는 어제 사서 두고 온 물건을 마
트에서 찾는다
요즘은 자주 걷는다. 두고 온 생각과 물건을 찾으러

엄마도 선걸음이었다 문지방을 오랫동안 서성이며

눈물

목줄 건 엉덩이가 둥실둥실 걷는다
안으로 휘어진 오다리가 흔들흔들
꼬리를 세우지 못해 자꾸만 쏠리는 중력

이 종은 원래부터 이렇게 걷나요?
자박자박 젖은 말 태생이 그런걸요
버려져 안스럽잖아요 나라도 거둬야지

고래고래 두 주먹 불끈 쥐고 지르는 길
비틀비틀 갈지자로 직진 아닌 직진이다
스텝이 자꾸만 꼬여 지평선이 아슬하다

이 종도 원래부터 이렇게 걷나요?.
아니요 술만 마시면 저 모양 저 꼴이죠
눈가에 고인 눈물 좀 봐!
젖은 것은
다 뜨거워

붕어빵 아날로그

묵은지 찜 집 앞에 작달막한 비닐포장
세 개에 단돈 천 원
계좌이체 됩니다
남들이 두 개 찍을 때
세 개를 찍는 인심

아저씨 붕어빵 이천 원어치 주세요
스마트폰 은행을 연다
오늘따라 웬 에러
다음에 아무 때나 주세요
오다가다 들러서

아저씨! 저를 처음 보잖아요
그것도
눈만

아이구
얼굴이 보증수표네요

함박웃음

아직도 통한다니까
퉁 칠 수도 있는 외상

촉촉한 기억

눈은 마음의 창이다. 흐린 날은 흐리게, 맑은 날은 맑게 세상 풍경을 비춘다. 어린 시절 오랫동안 눈병을 앓았다. 연일 글썽이는 아픈 눈으로 산골 풍경을 바라보았다. 그래서인지 눈에 비친 세상은 늘 촉촉하고 뜨거웠다.

참 오랫동안 사는 모습에 골몰하느라 그 눈빛을 잊고 살았다. 긴 시간 닫힌 일상에서 혼자만의 생각에 잠겨 나의 자리를 잃어 갈 즈음 누군가 문을 두드렸다. 시詩였다. 눈길 위에 선명한 발자국을 남기듯 그렇게 시는 내 안으로 걸어들어왔다. 그리고 오늘, 지금 순간을 똑바로 바라보라며 눈빛을 반짝인다.

공원을 산책하며, 마트에서 장을 보며, 거리풍경을 바라보며 함께 걷는 이들의 따스한 눈빛을 바라본다. 그리고 그 너머에 있는 또 다른 풍경과 마음을 마주하고 그들의 모습에서 나를 만난다. 안쓰러운 눈으로 바라보는 세상 속엔 선하고 우직한 소의 눈매, 그 눈가로 번지는 진갈색의 눈물이 있다. 야생을 끊어낸 소의 마블을 플러스 꽃이라 말하며 탐하는 인간의 욕심도 읽는다. 언제나 선걸음이던 엄마의 씽크홀! 엄마 나이가 되면 이해할까 했는데, 나는 벌써 선걸음이다. 장애를 지닌 강아지의 젖은 눈매와 소리치는 술주정에 담긴 사람의 뜨거운 가슴과도 만난다. 코로나로 인해 세상은 각박해져 가지만, 그래도 세상은 실만 하다고 말하는 아나로그 붕어빵! 눈은 세상을 향해 열린 소통 창고며 해소의 카타르시스다.

눈으로 만나는 세상엔 나의 어제와 오늘, 그리고 내일이 겨울을 털고 움트는 씨앗이 되어 자라고 있다. 나는 눈물을 사랑한다. 흐린 창을 맑게 씻어내리는 그 샘은 이 시대를 살아가는 교감이며 희망이다. 독자의 가슴에 늘 샘물로 남고 싶다.

정진희

/

2017년 동아일보 신춘문예 당선. 제13회 가람시조문학상 신인상 수상. 시조집 『왕궁리에서 쓰는 편지』(2020, 고요아침).

발
표
작
/

요강

정진희

그날 널 스친 후로 껍질에 닿은 걸까
뒷목이 서늘해지는 낯선 것의 감촉으로
탯줄을 목에 감고 나온
푸른 몸을 살핀다

팽팽하던 윤곽이 느슨해진 틈 사이로
낮은 귀를 접고 있는 시조새 둥근 알
어둠을 쓰다듬으며
가쁜 숨을 고를 즈음

나를 감고 재촉하는 허기를 들춰 업고
그 저녁 달 지도록 서성이던 윗목 어디
알끈을 잡아당기자 툭
몸 깊은 곳이 풀려난다

인동당초문암막새*

불에 던진 이름을 그을린 그 어둠을
잿물로 닦아내는 눈 밑 검은 저 여자는
어쩌면 광대뼈도 닦아 기억을 밝힐 것이다

제석사지 앞마당을 열 바퀴쯤 돌았을까
내 팔에 휘감긴 여자의 당초무늬
몇 달째 거치적거리는 뒤꿈치를 잡아챘다

눈을 뜰 수 없었다, 그림자를 밀쳐낸다
예순이 넘었는데 소리의 냄새라니
언젠가 네게서 나던 불에 지진 자국 같은

* 익산 제석사지 출토 1400여 년 전 백제 말기 사용된 기와, 세계최초.

닳아빠진 것을 위한 연구*

시간이 저 남자를 축냈을 것이다
좀먹어 부스러진 어깨에 올라타
허리를 구겨버리고 머리칼을 뽑았을 테지

바람만이 아니었나 자신을 깎아낸 것
꽉 움켜쥔 모래세상, 절대 고독 그림자가
등짝을 훑어 내리고 힘줄을 벗겨냈을까

꺼질듯 희미한 눈 발끝을 감싸 쥐고
거미줄 엉킨 몸속 어둑어둑 짚어간다
다 닳아 얼개로 남은 아 구름보다 가벼운 집

* 고흐의 최근 발견 작품, 고흐가 이름 지음 〈닳아빠진 것을 위한 연구〉.

거친 무늬 청동거울*

짓눌린 그 입술에 내 떨림을 입힌다면
도가니 풀무질로 아득함도 녹여낼지
눈앞이 캄캄해진 날 손금을 지져본다

귀 트여 너를 듣는 민망한 무렵 즈음
불속을 뛰쳐나와 쇳물처럼 들끓었을까
시퍼런 이끼 같은 세월 그 더께가 보일 적에

고을개** 바로잡아 울음을 잡아내도
자꾸만 흐려지는 백여 리 눈빛깊이
어떻게 살아냈을까 싶은 그 여자의 녹슨 얼굴

* 뒷면이 굵은 선의 톱니무늬 따위로 장식된 거울. 잔무늬 거울보다 조금 먼저
나타난 거울.
** 고을개 : 용융된 쇳물 위에 뜬 불순물을 거두어 내는데 사용하는 기구.

도린곁

500년 넘게 봄이면 새로운 잎을 내는 은행나무를 본다. 저 나무의 속에서는 어떤 일이 벌어지고 있는 것일까? 죽었던 나무 등걸에서 버섯이 자라는 일, 흙으로 돌아간 주검을 먹고 또 다른 생명이 되는 일, 죽은 곤충의 몸을 먹고 동충하초가 되는 일, 삶과 죽음은 둘이 아니고 하나인 것일까?

의식의 흐름을 타고 우주 삼라만상이 오늘 내게 말을 건다. 어둠이 혹은 나무와 돌이, 내 의식의 벽을 툭툭 건드린다. 의식의 한편에서 해가 뜨고 지고 먼 길을 떠나기도 한다.

생生이란 때로 간결하지 않고 애매모호하다. 살아있으나 죽은 것 같고 죽은 것 같으나 다시 살아나기도 한다. 죽음은 또 다른 탄생이기도 하고 어떤 때는 죽음 속에 새로운 생명이 들어서기도 한다. 의식이 이끄는 대로 따라가 본다. 만질 수 없는 것을 만지고, 볼 수 없었던 것을 확대해 본다. 살아있다는 것은 의식이 있다는 또 다른 말일 것이다.

삶과 죽음의 행방을 찾기 위해 시체를 닦는 일을 몇 년이나 해 본 다음 박상륭은 『죽음의 한 연구』를 썼다. 무엇을 이야기하려고 그는 일생을 죽음 곁에서 살았을까? 철학적 사유와 서정적 고행을 언어로 쌓아올린 박상륭의 작가정신은 오늘 내게 이렇게 말한다. 인간의 근원적 욕망은 우리를 어디로 이끄는가? 스승을 죽이고 자신을 죽여야만 깨달음을 얻을 수 있는 길, 창작자가 가야만 하는 아득한 죽음의 길, 그런 각오로 가야만 하는 길.

지금 나는 나를 죽이고 만물이 쏟아내는 옹알이에 귀 기울인다. 내 의식의 한편에서 그 옹알이를 해석한다.

가시거리를 벗어난 곳, 참 고요하다.

한복결

/

경기대학교 한류대학원 시조창작과 재학중. 시와 길 동인

신
작
/

썸

한복결

1

비로소 잃었던 시력을 찾았다
멎었던 심장에 피가 돌기 시작했다
뭉근한 체온을 안고 모든 세포 리셋 되었다

2

갑자기 아무것도 보이지 않았다
피가 멈추었고 세상이 바뀌었다
시어詩語가 모두 방전됐다 아뜩해진다

대선

땅 밑에 울리는
세계의 지각변동
이 소리를 후보들은
아무도 모른다
시장은 하락장이고
금 없는
금방이다

사랑

밝은 창가 수틀마다 오색비단실 올올이

무수한 갈등과 정념의 바늘 꽂는다

서리꽃 얼룩진 자리 순결이 스친다

담 넘어 솟아난 자줏빛 괴석들은

들판의 말갈기가 남겨준 우상이다

강 지나 언덕을 넘어 보랏빛 바람 일으킨다

사랑을 읽다

조선의 자수를 보면 한 뜸 한 뜸 바늘 자국마다 무슨 소망 같기도 하고 기도 같은 절실한 마음이 담겨져 숨을 내쉬는 듯 하다.

특히, 자수병풍에는 서사가 있다. 자연의 아름다움을 마음 깊이 새기고 자유롭게 변형 시킨 자수병풍의 상상력에는 사랑이 있는 것이다. 사랑은 차오를 때도 있지만 이지러질 때도 있다. 이렇게 누군가를, 또는 그 무엇을 깊이 사랑한 표현은 예술품으로 남아 후세에 이르기까지 보는 이로 하여금 가슴 뛰게 한다.

나도 그런 시조를 쓰고 싶다.

한류시조 VOL.2 도린곁

허창순

/

제11회 가람시조 백일장 장원(2019), 영주일보 신춘문예 시조(2020) 당선.

발
표
작
/

개쑥갓

허창순

밤안개가 행랑채에 젖은 몸 털어낸 듯
이름조차 남루한 개쑥갓이 피었다.
추위에 부려놓은 듯
폐렴 같은 잎사귀들

무병장수 기원하며 개똥이라 불렀다지
개살구 개복숭아 개 철쭉 개떡 개뿔
야생의 질 떨어지는
짝퉁의 접두사'개'

제초제 융단폭격에 용케도 살아남은
행랑어멈 빛을 발한 숨은 내공 개고생
생은 참, 예의 없이 질겨서
이별 또한 맹랑해서

신발 하나 달랑 묻고 설움 하나 챙겨 들면
영정사진 셔터 음이 흰 눈 가득 퍼~엉퍼엉
개똥밭 구르고 굴러도
이승 저리 환한데

노랑의 죽음

노오란 은행잎을 밟으며 달려간다.
부음 같은 빗줄기 속 노제마저 쓸쓸한
움츠린 생의 벌판에는 갈 길 바쁜 행인들

한 번쯤 외투를 벗어준 적 있었던가
광부의 친구이며 늙은 창부의 연인이던
노랗게 잘린 귀들을 외면하며 질주한다.

간밤에 뉴스에선 이름 없는 고독사
자백을 강요하는 고흐의 해바라기
출근길 모퉁이에서 멈칫 나를 체포한다.

신
작
/

나목 혹은 이명耳鳴

몇 번의 가을을
보낼 수 있을까요

해 떨군 애 동짓날
만장 붉게 부르튼 길

우우우
새끼 떠나보내는
혼절의 밤입니다

어떤 참회

맨살을 더듬으며
고구마순 뻗어간다.
다소곳이 누운 몸이 이내 봉긋해지더니
여름내 피우지 못한 그리움이 매여있다.

젖몸살 앓든 달의
자궁에서 쏟아진다.
켜켜이 개어놓은 굽은 등 마디마디
흙냄새 짙게 배어서 울음은 더 진해서

밤고구마 한입 물고
목이 터억 막히는데
양재기 숭늉 같은 쭈그러진 시간들이
도리깨 콩 타작으로 투욱-툭 터지는 밤

다시 여기 초 집 윗목
퉁퉁 부은 젖무덤
처음으로 오래된 죄를 하나 벗겨낸다.
분홍도 빨강도 아닌 것이 전라全裸로 뜨겁다.

주체할 수 없다면

내면을 표현하는 수단으로 글만 한 게 없다는 생각이 든다. 삶의 고통이나 슬픔 등을 글이라는 도구를 사용하여 세상과 소통한다는 건 매우 가치 있는 일이다. 하지만 내 삶이 투영된다는 점에서 독자를 의식하고 자신을 돌아보게 됨은 새삼 글 앞에 겸손해지는 이유다.

얼마 전 숨돌릴 틈도 주지 않고 비명처럼 써 내려간 넬리 아르캉의 『창녀』를 읽으면서 문득 독자를 전혀 의식하지 않고 일기 쓰듯이 독백처럼 쓰지 않았나 하는 생각이 든 적이 있다. 주체할 수 없는 빠른 죽음 앞에서 사회적 편견 따윈 무의미할 수밖에 없다.

"내 영혼은 너무 두려웠고, 너무 거칠었다. 그러니 내 몸이여, 그 잔인함을 용서해 달라." 루이스 글릭의 말이 가슴에 와닿는 저녁이다.

영원한 포식자도 영원한 피식자도 없는 공생의 그 아슬한 틈바구니에서 주체할 수 없는 내면의 소리에 귀 기울일 수 있다면 시라는 장르를 통해 세상과 화해하며 살고 싶다.

한류시조 VOL.2

도린곁

초판 1쇄 인쇄일 | 2022년 04월 20일
초판 1쇄 발행일 | 2022년 04월 30일

엮은이 | 구애영 외
펴낸이 | 노정자
펴낸곳 | 도서출판 고요아침
편　집 | 이중원 김남규

출판 등록 2002년 8월 1일 제 1-3094호
03678 서울시 서대문구 증가로 29길 12-27 102호
전화 | 302-3194~5
팩스 | 302-3198
E-mail | goyoachim@hanmail.net
홈페이지 | www.goyoachim.com

ISBN 979-11-6724-084-2(03810)